道隠し

瀧 克則
詩集

Taki Katsunori

書肆山田

目次——道隠し

道隠し

秋分け小舟

葉

あのとき古い寺院の大木は
携帯電話を持ったまま
腰から崩れる私をみていた
豊かな葉がざわめいた

切断

きみがみたのは夜の木々と空の小さな目
同じ場所でわたしはきみの眼差しをもつ木々と
澄み渡った青空の痛さをみた
切断された日
ここから始まってしまうのが生き残ったものの暦だ
おそらくきみは同じ切断された日から
逆向きに生きていく
交わることのない暦を
互いに生きていくことになる

小舟

きみの骨で小さな舟を造る
悲しみが織りなす
帆を広げ
小舟は暦を遡る
舟には青空を
瞳に辛い青空を背景に
晴天に架かる虹を積み込む

その前日

丸い虹を見た
西門の向こうに夕日が落ちるまで
まだ時間があると思って空を見上げたら
丸い虹が出ていて
飛行機雲が虹を突っ切った
その不思議な光景のことを
今度きみに会ったら伝えようと思った

おそらく
そのときさみは泣いていたのだ

その日

その日を閉ざさなければならない
木々の緑が止まるようにと
深く底の底まで
祈らなければならない
灰を飲み干そう
木の根に混ぜて

夜の針葉樹に向かって
きみは歩いていったのだ
途切れた道をつなぐために
泣きながら歩いた

すき間

きみが見たのは夜の木々
あまたの灯火
そのすき間
きみが聞いたのは夜の川
遠のく手拍子
空の音
そのすき間を飛翔する
きみの身体

つゆ草

つゆ草の根元
砂利にまみれて潜んでいる
未だきみではないきみまでの
果てしない隔たり
誰でもない彼らの
灰で造られた道を巡る

皮を剝がれ
骨を砕かれ
雨風に溶かされた
未だきみではないきみを
積み上げる
積み上げる

灰

リュックに灰をつめこむ
きみが自らで作った灰だ
灰を背負って
きみの無い時間を
つまりいまを歩く
うしろむきで
その日から遠ざかる
時はそのように刻まれて
その日から以前は
ひとかたまりの
暖かい毛糸の束

舟の川

小さな舟が
空を渡る
骨で造られた舟が
見えない川を渡る
冷たい時を渡る

長く響く名を乗せて
小さな舟が
空を渡る
骨で造られた舟が
見えない川を渡る
冷たい夜を渡る

青天

天の青さが眼にあたる
だまって微笑んでいよう
これからつづく時空は
あの空の切断面から始まる
昨日までとは切れてしまったはずの日が
同じようにあけていく

装うとはこういうことだ
自然の戦略でもある
湿っぽい時間は
かさぶたの役目もするらしい
これから始まる暦は辛いが
静かな人びとはうなづいている
容赦のない予定は
とりあえず引き戻す力でもある

*

バッタの道

バッタが先をいく
追うように
野の道を歩く
灌漑用風車が
大女の影を落としている
貝殻の混ざった道だ
時の層を数枚めくれば
海の中を通る道
バッタの着地点の地下深くには
亀の甲羅が埋まっていると
骨董屋の看板が
煩悩の縁にちらついた

あのスンコロクは池の中に浸けてあったと聞いた
時間はそうして創られる

キチキチキチとバッタが急かす
この道は未だ舗装されていないから
土から精が湧いてくる
そんな精霊の群がりに
頭をぶつけて
せっせと歩く
…から
…へ
隔たりがある
道はその間に在るから
道は隔たりである
その隔たりを
無理やり拡げる営みもある

…へ
到達することなく
隔たりだけが
愛おしくなる
キチキチキチキチ歩いていたい

道の際に小石が集まる
その中に白いなめらかな石がある
それを勝手に火打石だと思っている
二つ合わせてカンカンと打ち付けると
ぷんと焦げたような匂いがする
道の焼ける匂い
数十年前道が焼け
歩いている人も焼け
電柱も郵便ポストも
馬も牛もアヒルも焼けて

道沿いの無縁仏の祠には
焦げた石が積み重なっている

道に沿った溝の中に
冷たい水が流れていて
紫色の小さな花が咲いている
茎や葉が入り混じり
小石や土が入り混じり
廃墟の森がかいま見える
水はそこから
道の底の暗渠へと降りていく

祖母の厄除け
母の一番下の弟が捨てられたのがこの道だった
叔父を拾った近所の人はこの道とともに焼かれたと

ことあるごとに祖母は叔父に語っていた

キチキチキチとバッタは
吉兆とともにいなくなった
ここからは舗装の道
落ち着きのない道だ
虫もお化けもいない
平らな道は
空中に行き先をぶら下げている

塩

透明で半分ほど塩が入っている
白い細かな粒子が
そのビンに閉じこめられている
隣でおっさんがゆで卵にふりかけている
塩で思い出す

ずいぶん前になる
ヒマーラヤの麓の村で
塩の塊と布の束が交換されるのを見た
ああ、塩とはそういうものだったんだ
と、古い記憶を思い出したように

その時わかった気がした

仔細な出来事が天秤にのる
片方には
いつも人が乗っている

軽いものと釣り合うのも
重いものとも釣り合うのも
人だと思った
そのときはいやに現実味があった

子供を買ってくれという
若い母がいたのもその時だった

幼い女の子が天秤に乗る
片方には塩
掘り出されたばかりの岩塩だ
サラサラの塩では天秤からこぼれる

うす汚れた包帯を
顔や手足に巻きつけた少年がついて来た
吹きっさらしの峠でのことだ
若い金髪美女が
その少年と手をつないで歩いて行った
長い時間二人の後ろ姿を見ていた
それからの時間は自分の外側にだけ感じていた

天に近い土地では

風が透きとおっている
一と零だけが必要な場所だ
あとは何もいらない
あるでなければないだ

生きている人と
死んでいる人が
いるだけの土地

高校生の頃からだった
毎日のように死にたいとおもっていた
なぜかわからないが
死にたいと思っていた
それがここのところなくなっている
ずっと付きまとっていた観念が

いつの間にか薄れて
消えかかっている
おそらく誰にでもある
観念なのだろう
私はそれをずっと意識していただけだ
踏切の前で飛び込む自分をそれとなく意識している
衝動が起きるのを
消極的に期待している自分がいた
今でもふと
そんなことを思わないこともないが
前ほどのことはない

一と零だけの世界にいる
あるか無いかだ
でもどちらか片方ではない
だからややこしい

あってあってなかったり
無かってあってなかったりする
それが延々と続くのだ
でも基本は
ヒマーラヤの麓の
包帯だらけの少年だ
塩と天秤にかけられる幼女だ
百億の一と零とを後戻りする
死者と生者の行列を数え直す
気の遠くなるやり直しを
誰もやらない

ゆで卵に塩をかけるのは定型なのか
世界共通のしきたりなのか
小さな命を茹でてしまって
それに対する浄めの塩か

喫茶店を出ると入り口の片隅に
三角形の塩が置かれていた

裁ち屑

夕方　風が少しだけ　すずしくなった
青い実をつけはじめた樹の角を曲がると
詰襟の学生服や紺色のセーラー服を着た
老人の一団に出会った

色変えぬ松のむこうの海岸には
瓦礫が打ち寄せられている
踏切を渡って
途切れる道をながめる

両側の石垣を蔦が覆い尽くしている
無人の廃道は生き物の気配がする
古い道には眼が埋められていて
歩くものの足を見ていると
幼い時に聞かされた覚えがある
眼ではなく
首だったか

ムクドリの大群がクジラになったり
リボンになったりしながら
夕方の空を舞台に群舞している
歩道橋に佇んで
飽きることなく眺めていた

客車の中に虫の声が聞こえた

列車に乗ると
少しだけ落ち着く
通り過ぎるだけの場所が
いまいるところ

祠へと通じている石段を上る
木の実が土に汚れている
鳥のはねが散らばっていて
不吉な猫たちが
円舞に興じていた

緩やかな弧を描く長い海岸の
小石混じりの砂浜は
すべて瓦礫で埋め尽くされていた
傾く陽に照らされたその光景に

息が詰まった

土と暮らしは
日々剥がし合う
結果　土だけが残り
やがて芽が出る

花の色は白がいい
それでも
花をみつめるのか
よく見てみると
花弁の形
萼
花粉
そのどれもが

生殖にまつわる器官
と牧野博士が書いていた

大河の砂ほどもある妄想が
胸の奥で
さらさらと落ち続ける

その音楽家はシフィリスだった
視神経が犯されて
日々幻覚と諦念は
音楽となって
響いてきたという
それにしては
のんびりした音の風景だ

夏の暑さが
手の甲と額に
色の濃淡を残していった

土に手がある
縄にも手がある
喉にも手がある
切る手もあるが
血はでない

でもないものが
空中をふわふわと飛んでいる
空の奥の方で何かが響いている

一〇〇〇年前の地層から
子供の衣服が発掘された

弾痕のある
血と泥だらけの子供の服を
見た
ガラスの板に挟まれて
室内に浮かんでいた

真夜中
毎夜同じ時刻に
自転車の錆びた音が聞こえる
見たこともないのに
ペダルを踏む男の背中が

闇の中に浮かび
見知らぬ誰かの父親だと思ってしまう

未明の路上
轢死の仔猫を
カラスがつつく

昔　そんなことはしなかった
詩集を買って領収書をもらう

出来事

陽が傾く
野が傾く
空から急いで赤く染まり始める
古代の墳墓が小高く裾を広げる

長い影を引き連れて
底翳《そこひ》を患ったたばこ屋のじいさんが
謡いながら散歩をしていた

物の輪郭も溶け失せようとする

逢魔の時刻
野よ
曠野よ
魔がさすということもあるのだ

電池切れの補聴器を着けたばあさんが
憎い憎いゴキブリを
水屋の隅に追い込んだとき
ふと畏怖を予感した

ばあさんは見たのだ
台所の小さな窓の外を
携帯用点滴装置を着けた巡礼の一団が
身体中にビニール管を
蜘蛛の巣のようにからませ

苛立たしく通過するのを

そしてじいさんと巡礼の一団が
あの小橋の上で出会うのを
ばあさんは静寂の中で見ていた

音もなくじいさんは橋から落ちた
小川はすでに涸れていた
カラスの群れが古代墳墓へ帰りついた

烏の日

後ろ手を組んだ格好で
ぴょんぴょんと跳びはねる
ガラの悪そうなカラスが
ゴミ袋を散らかしている
この住宅地の土の底には
廃棄物の層がありそのまた底に
渡来人の作った土器が
その木乃伊とともに砕けている
とりわけ早朝には
地から水気が湧いていて
土地が冷や汗をかいているのがわかる
この近くで子供の不幸な犯罪が続いた

中世の世捨詩人の最後の視線は
この地の上空を通過し
海と溶け合う太陽に浄土を観た
そのとき最後の夕陽は
山の際まで赤く染めたと
詩人は歌った
夜明けに夕暮れに
おびただしい数のカラスが鳴きわめく
ぎゃあてえぎゃあてえ
はあらあぎゃあてえ
クソうるさい奴らだ
それに悪賢い

石を投げて追っ払ったじいさんを

カラスはずっと覚えていて
突然禿げ頭に突っかかった
一羽の鳩を寄ってたかって
なぶりものにしていたこともある
カラスは人の真似をする
巨大な古墳に巣があって
暗くなってもその鳴き声が聞こえている
ぎゃあてえぎゃあてえ
はあらあぎゃあてえ
真夜中に騒ぐこともある

夕焼けこやけの中を
カラスが飛んでいくのは
不気味な風景だと思っていた
それにお寺の鐘が鳴る
不幸がやってくる前にお家に帰ろうと

子供達は思ったが
カラスは帰り道を食べてしまった
ぎゃあてえぎゃあてえ
はあらあぎゃあてえ
後ろ手を組んだ格好で
よたよたと歩き回る

猫の恋

引き窓や猫の舟橋恋の闇　来山

塀の隙間から手（足）がのびて
頭が出てきて眼が会った
上目遣いでこちらをにらみ
素知らぬ顔して歩いていった

「ごめん」という声が聞こえたかと思うと
目の前に向かいの焼き肉屋のおばちゃんが立っていた
イチゴの箱を三っつも押しつけながら
「あの子らかわいそうでな」
「そやからこれな　とっといて」

といってとっとと道路を渡って帰っていった
足下で子猫が三匹　ミノとカルピを食っていた

昼の間はごろごろしている
狭い路地で腹をふくらませ
二階から見ているのにも気づかず
空き缶を枕にふて寝する無防備

センサーが「ピンポーン」と反応する度に
階下の駐車場に降りていくと
入れ替わり立ち替わり覗いている
イチゴの意味がようやくわかった
奴らにしてもべつに飼い主がいるわけでもない
車の多いこの場所で
危ない橋を渡っているのだ

焼き肉屋のおばちゃんの毒イチゴにも
いろんな意味があることを理解した

朝ふとゴミ袋を覗いてみたら
茶色い猫の片足だけが見えている
ちぎれてしまったぬいぐるみに
息が止まるほど驚いた

ユッケはまだらで美猫
ミノとカルピは焼きすぎた焦げ茶で悪猫
おばちゃんは細身で背が高い
いつだったかおばちゃんは
客の車に乗っていった
それから三日ほど過ぎて臨時休業の張り紙
猫たちはたくましく「ピンポーン」を鳴らした

二十年も前にいなくなった
いまだにそいつの夢を見る
白い毛並みの美しい奴だった
朝になるとことわりもなく
寝床の中に入ってきた

いつの間にか焼き肉屋は寿司屋に変わった
猫たちはいつもの場所で
イカとマグロを食っていた
あまりにできすぎた話なので
かっぱを喰いながら聞いてみたら
条件付きで譲ってもらったとのこと
向かいのご主人にはイチゴを渡して了解済み

朝靄の中で

夜明けの靄の中
川向こうで死者が焼かれる
物の輪郭も定かでない時刻
此岸で一匹の猿と私は
並んで座し
対岸の火葬をながめていた

いま炎は勢いよく燃え上がり
川面は柿色に照り返す
そのときひとつ低く咳払いして
猿は私に語りかけた

旅の人とお見受けしたが
いま炎の中の死者が
お手前の心中の思いに
感謝していると伝えるようにと
小生に語りかけてきたので
そのままお伝え申す

ちょうど私は炎の中に死者の手が伸びるのが見えたので
思わず「成仏してくれ」と心の中で祈ったのだ
その場所では何が起きても不思議ではないと聞いては来たが
このことかと思いあたり
猿に伝言の礼を言った

炎の中の死者はお手前に向かって
手を振ったのだといっている
それを受けていただいたのを
深く感謝しているのです

炎の勢いはやや小さくなった
積み上げた木もほとんどが焼け終わり
死者のまとっていた布の形の灰が
河原の石畳にふわりと落ちた
すでに死者は燃え尽きて
跡形もなかった

陽はようやく昇った
猿はゆっくり腰を上げ
煙の行く先を見上げて

無言で森の中へと歩んでいった

音のたまり

人知れずある
道のはずれ
町のはずれに
音のたまる場所がある
私の耳は
（おそらく）
偶々そのたまりを通過してしまったのだ

耳は私の首のうえ
ちょうどそのあたりに
古い音が澱のようにたまっていた

湿った響きが頭の中をこだました
自転車のペダルを踏む錆びた音
うつむいた男の後ろ姿の音

温い背中に耳をつける
くぐもった声が名を呼んだ
やわらかな身体の内側を
誰かの名前がこだましていた
男だったか女だったか

土が鳴る音
水が鳴る音
花の鳴る音
虫の音
気息

私の後ろで母は
地をうちたたき
邪悪な気を払いながら
まとわりつく縁を遠ざける
母の耳は遠くにある
私は母の耳まで行きつ戻りつ
声を届けに行くのだった

象限

町を東西に分けているのは一輛電車の線路だった。
電車は夜中まで走った。線路では犬や猫が轢かれた。
狸や鼬もよく轢かれた。蛇、蛙、亀など水辺に棲む生物も轢かれた。
それらが棲む細い運河が町を南北に分けていた。

町は第一から第四までの区域に分かれていて、私は第三の区域に住んでいた。
第三区域には映画館が二軒並んであり、一軒は洋画の朝日館。
もう一軒は日本映画の夕暮座で、ある時朝日館が火事を出し
二階で観ていた客が数人亡くなった。
それ以降建て直した朝日館には二階がなかった。

第二の区域には隻脚の詩人が住んでいた。
詩人は台所で鶏を正確に並べていた。

第一区域は地形的に日当たりが悪く、暗いバラック部落があり、
賭け将棋師が暮らしていた。
彼は生涯でただ一度だけ負けた経験があった。
その勝負は鬼気迫るものであったと語り継がれた。

第四区域には誰一人住んでいない。
第四区域だけが戦火にあった。
火を逃れて大人も子供も老人や病人まで細い運河に飛び込んだ。
火は運河まで焼き尽くした。すべての住民がいなくなった。
この区域には無縁仏の石像が並べられている。
石像は増え続けている。

廃村

旧い道沿いに崩れかけた家屋が続いている。低い屋根は道沿いの建物の特徴であり、屋根が頭を下げて道にかしづいているように見える。その屋根も瓦がずれ草が生えている。屋根裏部屋の格子窓がかろうじて残っている。土壁が崩れ、竹で編んだ芯材が露わに残っている。土の壁に根付いた草が大きく伸び、廃墟の全体を覆っている。家の中を覗くと畳のすえたにおいがかすかに漂った。床が崩れていた。壁ぎわに丸い卓袱台が立てかけてある。泥のこびりついた下駄が片方だけある。

空き地には樹木が繁り雑草や建物も一体となり、過去と未来に挟まれて、行く先の見当たらない光景を見せていた。道が小高い場所を取り巻くように曲がると石段がある。石段の上り切ったところに朱の剝げ落ちた鳥居がかろうじて建っていた。石段も鳥居の根元もまた雑草と雑木で覆われている。草とツルを踏み分けながら鳥居をくぐり中へ進む。朽ちた建物がある。建物の周りを踏み分けてめぐると古びた神殿があり、石が二、三段積み上げられている。神殿の背後は抜けていて、正面に山が仰ぎ見られるように建てられていた。床は抜け茅で葺かれた屋根も崩れていた。そこに鎮座したであろう土地の神は、いま、草木獣の種子となって、この捨てられた村全部を覆っていた。

旧い道は残っているのだが、倒木や土崩れで先へゆくことはできなかった。

地図師

部屋の中央に大きな製図板が置かれていて、それは踏台を脚に用いて高さを調節していた。天井からは蛍光灯が二台頭の上すれすれにぶら下がっている。製図台の周りには様々な大きさの用紙が丸めたり広げて重ねたりして置かれている。地図師は皺だらけの萎んだ顔に分厚いレンズの眼鏡をかけ、レンズの奥に黄ばんだ巨大な眼球が鈍く光っている。彼の右手は軍手の指先を切りとった指出し手袋をはめ深い皺にインクの染み込んだ指が丸ペンを握っている。左手は同じ手袋でガラス棒を指先で神経質につまんでいる。彼は河川だけを描く地図師だった。川を歩き元の地図から変更のある箇所を確認し測量原図を作成する。それを作図室に持ち帰り整理し製図する。彼の描いた川の地図を重ねると、川はあたかも蛇がくねるように動いた。彼の若い測量助手たちは彼を地図爺と呼んだ。彼は川を知り尽くしていた。川で人が流れると必ず川の相が変わるのだと口癖のようにつぶやいた。川と川が出逢う場所には堆積物が集まった。それは目に見える時間のようでもあった。

地図爺の古い弟子に道の地図を描く地図師がいた。彼は山道や里道を知り尽くしていた。道には彼らの祖父母たち、そしてその祖父母たちそしてそのまた祖父母たちの足跡が連なっていた。道は少しずつ姿を変える。道の地図師は足裏で道の位置を確かめた。僅かな勾配の変化も足裏に伝わった。道を歩き元の地図から変更のある箇所を確認し測量原図を作成する。彼の描いた道の地図を重ねると、道はあたかも蛇がくねるように動いた。道と道の出会う場所にはいまはいない祖先の気配が溜まっていた。

道隠し

あれは栗の花の匂いだった。渓から山道に戻り、竿を収めた。風の流れに沿って山の匂いも流れてくる。その中の濃い薫りが栗の花の匂いだ。リュックをまとめ山道を下った。林を抜けやや見晴らしのよい下り道へ出たところに古い祠があった。腰を下ろし一休みした。風のざわめきが心を落ち着かせない。喉を潤して歩き始めようとすると、どこへ行こうとするのかわからなくなった。周りに道がないのだ。遠くに集落が見えている。だが、そこに至る道が消えてしまった。陽は傾きかけていた。辺りを見回し、道を探した。またもや道がわからなくなったと以前のことを思い起こした。

同じようなことがあった。無地番の古い土地の調査を依頼された。その対象土地にはたいていが、古い祠や庚申塚など、道沿いや辻にみられる土地の信仰対象が建てられていた。古事記や日本書紀に記載のある土地も調査した。いまだにそんな土地が守られ続けているのかと思うと妙な感覚を覚えた。

山沿いの農地が広がる古い集落だった。坂の上の祠のある場所の調査を済ませ、周辺を歩いていると自分の居る場所がわからなくなった。山の斜面の雑木の中にまぎれて立っていた。山道を歩いていたはずなのだが、道が消えていた。目の下に集落は見えているのにたどり着く道がなくなっていた。あの時はとにかく祠にたどり着いた。

祠を目の前にして振り返ると集落へと続く道が現れた。

あの時の感覚だと思った。辺りは雑木の生え茂った林だった。木の合間から光の帯が射し込み、きらきら光っている。林の中を移動した。風が少しだけ動いていた。その風に栗の花の匂いが混ざっている気がした。どこかにあるはずの道隠しの祠を探した。

ホドス〈道〉

道の神の
眼にうつる
鳥の泪
魚の泪
空中高く鳶の影一点が細長い谷あいの空を横切ろうとすると川中で
きらめいていた鮎の群は瞬く間に岩の隙間に潜り込み川は静寂を装
い初夏の風を誘っている
次の刹那薄暗い影が空中から川面に向かってすべり落ちるや鱗をキ
ラリと光らせ空中へ摑まれてゆく魚の形が身をくねらせる
その光景を私は丘の道から眺めていた

両側に石の塀が続いていて、それ以上視界はひろがることがない。細い道は坂に沿って曲がりながら上って行く。

鐘の音が聞こえる。音は道に沿って流れてくる。風もまた道の曲がりに沿って吹き通る。身体を一歩ずつ上とやや斜め前方に移動させる。古い石が敷かれた舗道は人の踏み跡と轍のあとを溝のように凹ませて続いている。

此処に場所はなく風や音や人の通る道があるだけである。

両側の石塀の向こうには広葉樹が枝を伸ばしている。道の所々に落ちた木の葉が群れている。

一歩ずつ足を踏み出しながらはるか向こうにある道沿いの木製の扉を想い描く。

ちいさな川にでる
川は日々彩りを変化させる
川沿いの道は長くは続かない
ほんの五分も歩けば

川は地に潜り道から離れる
その間
川に沿って歩く

魚の棲む小さな溝に沿って
舗道がつづく
その始まりから終わりまで
道を歩けばそこにたどり着く

隔たりの中に私はいる
そして私のいる
此処は
ここではなく
道が続いているつぎの
ここであり

明日や昨日が入り交じる
ここである

重い木製の扉
その扉もまた
そこから始まる新たな道へのはじまりである

吉へと通じる道
凶へと誘う道
扉を開けると
道は自ずから選ばなければならない
右足から踏み出すと
悪しき方位を祓うこともあると
縁起のお札が舞い降りる

あの香りが流れてくる季節には
一団の家族と見られる人々が街道を通る
風にひらひらする布をまとい大きな荷物を背負って
ざわめく音をたてながら通り過ぎて行く
ああもうそんな時節かという祖父の声が
彼らの行列の音を迎えるように聞こえてきた
祖母に手渡された白い紙で包まれたものを
行列の中の白い布の少女に渡した
少女もあの木の葉の香りがした
旅の家族の一団は場所を定めず道を暮らしの在り処とすると
祖父から聞かされた
彼らはずっと祖先の代から道を往き続けていると祖父は語った

黒い液体のような闇に降りた。そこでは私の身体に闇が触れていた。
私には余地がないと感じていた。手や足を前後に伸ばすことができるのがふしぎなくらいであった。空間が極度に縮まり身体に密着しているように私は感じていた。ようやく手を伸ばし見えない壁の手触りを頼りに身体を移動させた。

幼い頃近所の年長のともに連れられて家から離れた広い農地の間の道で遊んでいた。いつの間にか年長のともたちがいなくなり私は一人でその細い道に佇んでいた。菜の花が細い道の両側に咲いていた。向こうの方に家は見えていた。だが、そこへたどる道がどうしても見つからなかった。私の中で道が失われていたのだった。私は一人そこに立ちべそをかいていた。
それ以来道は奇妙な現実感を引きつれて感じられるようになった。それは周りの風景をともなった一区切りの空間として私に関わってくると思った。私がそこで生き、暮らしているそのひとつひとつをもふくんで道はそこにあった。私が部屋でくつろぐことを道はじっと待つようになった。その後私が戸をあけて一歩足を踏み出すとき道は右へかあるいは左へと私の足を誘うのであった。私は道の誘う方へ歩んで行く。それは決まって菜の花の咲くあの小道であった。ずっと昔私の前から失われた道であった。

その道へ出たのは偶然だった。駅から目的の場所へとたどっていてその道に突き当たった。そこを左へ折れて少し歩きながら緩やかな曲がりの先を眺めていた。道の両側に等間隔に欅の豊かに葉を付けた並木が続いていた。道全体が緑の屋根で包まれているような感覚を覚えた。同時に外を歩いている不安が消え去り、その美しい道の内側にいるように思えた。その道の風景は、音楽が衝撃的に心へ届き身体ごとうっとりとさせるように、心へと直接触れてくる風景であった。その道をいつまでも歩いていたいと思うと同時に、道にいることの、何処かへと通じるその隔たりの過程にいることが快いと思う自分に気づいた。

ある屋敷に沿うアスファルト道路の側溝と屋敷との隙間にその風景

とは場違いな感じで百合の花が咲いていた。おそらく何処かから飛んできた花粉が球根を育み、一本の細い茎に大きな白い花を五つもつけて咲かせたのだろう。屋敷側のコンクリートたたきと側溝のコンクリートの隙間からそれは凛として咲いていた。白い百合は居場所としての屋敷と通過するための道路との境に百合の空間を創り出していた。ここでその百合と出会ってから三年になる。何度かその前を通過するといつの間にか百合は手折られてなくなっている。道はいつもの通勤路に戻り、屋敷は整然と居場所を構えている。種子が飛んできてそこに居着き、またそこから種子は蒔かれて何処かへ着地する。その居着いたところに百合は新たな場所を創る。そこに根をうずめる。

『古道』の著者は山の道で山人の交接の場所に迷い込んだ。事が終わると山の女は子種が漏れ出ないようホヤの葉で股間を押さえたと著者は書いていた。同じような光景を渓流を歩いていて目撃した。山人ではないと思う。丸坊主の大男が髪の長い女を膝の上に乗せていた。渓流の音に合わせて女の声が流れていた。

煙樹ヶ浜で見た凄まじく美しい風景。瓦礫で埋め尽くされた海岸線は、瓦礫がもつ記憶の空間をそこここで開いて行くように思えた。瓦礫はそれぞれ生きられる空間を構成形成していた要素であり風景そのもの空間そのものである。
瓦礫が海を漂流するとはその場所が壊れて流されていることである。空間という言い方はそこには届かない。ああ、その場所が、私の場所が、瓦礫となって流れて行くあるいは消え去る。

道は私の足を引く
一足ごとに
道は私の足をそこに誘う
私は足だけを道に委ねるが
あの人々は

五体を投げ出し
道に身を委ねる　道と交わる
身体が道と触れ合い
触れ合うたびに微かな快感が
身を駆け巡り
胸の先　股の中
腹　手のひらが道に触れる
彼らは道に生きる

ずっと昔のこと
首のない女帝は居場所を失い
馬に乗って道を疾走した
蹄の音が響き渡る夜
遠くの集落では
子供達が怯えていた
首なし女帝は

集落へは行き着かない
ただ道を駆けるばかり

雨、月。

雲の滴が垂れ落ちる
軒裏の樟蚕は誰の化身？
生き物闇を湿らせる
音だけの雨粒に
山間の釣り宿の乏しい灯りが
鱗粉を撒いたようにちらばり
降りしきる雨音と
宿の下を流れる渓の音が
地の形山の形を響かせる

時節最後の釣りと意気込んだがあいにくの雨で早くから釣り宿にし

け込んだ。

月が大きく見えるとのことでそれもまた楽しみにしてきたが日頃の行いが祟ったのか降り続く。

渓流釣りのオヤジくらいしか泊まらない宿に、近頃は物好きな女子に密かな流行りと、宿のかみさんが教授してくれた。

客は釣り爺二人と物好き女子三人。

炉端を囲んでの夕食はいつもとかってがちがう。

離れの湯屋の丸窓に
うさぎの影
禁制のお山に続く谷底の
尺天女魚の感触をユメみて
酌み交わす釣り翁二人の
無邪気な笑を覗き見る
雨むこうの月からの眼

樟蚕の幼虫からテグスがとれると相棒爺が博学雑学を口走る。
子供の頃釣糸が手に入らない時代に近所のガキどもがでかい
青虫を捕まえてきてテグスをつくった。
青虫を潰して白い何かを取り出す。それを酢につけると糸が
できる。
本当だと言うからそうなんだろうと聞いた。
女子がテグスのことを聞きたがった。
師匠が釣糸のことだというと何語だと問いかける。
テグスは日本語だろうと師匠を見ると、ものの本によると
広東語あたりと読んだ覚えがあるといささか怪しい。
女子はクスサンとはなんだと聞く。
軒下の正体をのぞき見る。

何の木だったのか
野原の隠れ家の木に

大きな蛾が貼り付いていた
昆虫少年は標本にして机の上に飾った
クスサンと呼びかける名前がおかしかった
眠れない夜更け
窓から差し込む月明かりが樟蚕を照らした
それは気高く神々しい光景だった

雨雲の彼方では
クレーターが見えるという大きな月と
数十年ぶりの流星群が
漆黒の時空を駆けている
鉄製の釜風呂の中では
きらきらひかる鱗粉が
ほのかな残り香とともに
暗い湯に漂っている

渓の眼

流れに向かって毛針を放る。渓の流れはその音とともにたえず表情を変える。

渓音はときたまに響く鳥の鋭い鳴き声を水音に巻き込み、風や木々の揺れる音とも響き合う。

緑の闇を背に、白い毛針を流れの変わる水面へと投げ落とすと、きまぐれな奴が呼びかけるように身をくねらせる。

魚の言葉は水飛沫と波紋。

背後にはいつも途方もなく恐ろしい気配がある。

竿と糸を通して水の勢いが伝わる。渓を震わせる声に直接触れる。

背後の眼の群れは水面で身をくねらせる魚をながめている。

数年前同じ場所で男女に出くわした。巨岩の上で抱き合っていた。

渓の音で気がつかなかった。鳥の声が聞こえていると思った。

女がこちらを見ている気がした。緑の闇の眼が彼らをながめていた。

巨岩は位置を変えていた。
渓は常に動いている。
岩に座って一息ついた。
栗の花の匂いがした。

蛇

渓の流れが緩やかになり川幅が少し広くなって栗石を踏み、竿を振りながら水に沿って歩いていた。ふと見下ろした足下に大きな蛇がとぐろを巻いていてあっと声を出してしまった。驚いたのだ。人のいない渓間で声を上げたのが不覚だった。動悸が続いた。驚かされたお返しにとでも考えたのだったか、蛇を驚かしてやれとばかりに石を拾って投げつけた。その一つがまともに蛇の胴体に当たり、大きな蛇はのろのろと這いだしたのだが、そのとぐろにはもう一匹蛇がいたのだ。それは小振りで雌の蛇らしく、二匹は交尾中だったのだ。その最中に石を投げ、しかも雄の胴体に当たり、雄はへの字になってのろのろと逃げ出した。雌は鎌首をあげ口を大きく広げ、「かーっ」というようなうなり声をあげてにらみつけてきた。再び石を拾って投げたが当たりはしなかった。雌はこちらを向いて鎌首をもたげたままで後ずさりし、遠ざかった。

渓を上り再び竿を振りだしたとたん、竿が真ん中から二つに折れた。二十年も使っているカーボン製の竿だった。振ったとたんに折れるなど思いもしなかった。先ほどの雌蛇の鎌首をもたげて口を大きく開いた姿を思い出した。まさかとは思ったものの、竿は蛇の怨念が原因で折れたのだろう。雄蛇の胴体を折った恨みが雌蛇の執念となってこの竿にまで届いたのだ。

雌蛇のカッと大きく口を開いた姿は植物の種子から芽が出て双葉が開きかけるあの形と同じだった。種子にはその中に花の未来と過去の世代の記憶のすべてが蔵されている。雌蛇がもし精を受けていたなら彼らの未来と記憶もまたその細い蛇身に妊まれるはずであった。雌蛇が恨みを向けたとしても少しもおかしくはないし、また、恨むのは当然と思ったのだが、その恨みがどのように作用して我が愛用の竿を折ることが可能だったのだろう。雌蛇は鎌首を上げ口を裂けんばかりに開けてこちらを威嚇したのだからこちらに対して怒りを持ったかあるいは危険を察知して攻撃するか防御するか、とにかく臨戦態勢に入っていたのは確かだった。あの仕草は決してこちらに愛嬌を振り餌でも得ようとするような姿勢ではなかった。ましてや行為の最中であった。どおりで雄蛇に石が当たったときもすぐには動けなかったのだ。雌蛇の怒りは深かった。飛びかかってきそうな気配に身を引いた。だがそれが、竿が折れたことに因果を持つのだろうか、と思いかけたそのときだった。渓の流れを見ていたからかも知れない。どこにも切れ目のない一連のつながった世界が一瞬にして押し寄せてきた。渓の急な流れがありその周りにはシンとした木々の深い緑があり、それらは大気や光などに分かたれずにそこに出来事として展かれていた。それらがひとかたまりの世界となって急激に流れて来たあるいは去って行ったのだ。この先の世界と過ぎてきた世界とに挾まれて周りはいまをうつしていた。川の中を折れた竿が流されていく光景があった。流れは停止するほどゆっくりと動いていた。誰かの手が流れの中に入り折れた竿をつかんだのが見えた。

野の音

夕暮れの野に
電柱六本小屋一軒
老爺一人…
とりあえずそれだけが視野にあった
登場人物は増えてくる

爺さんは先ほどから立ち小便を続けていた
カラスが飛んでいく
飛行機が飛んでいる
得体の知れない低い音が
空と野の全体に響いている

爺さんは小便を続けている
親子連れが
犬の散歩をさせている
子供は草花を摘んでは
犬の首輪に挿した
それはたてがみのように見えていたが
犬はおかまいなしに
せわしなく匂いを嗅ぎ回った

親子共々通り過ぎた
日の長い夏の夕暮れだが
それでも日は暮れてくる
東の空は暗くなる
地球がとてつもなく長い距離を移動する間

（秒速三〇キロメートル）
爺さんは小便を続けた

勤め帰りの客を乗せたバスが通り過ぎた
自転車の学生集団が通り過ぎた
得体の知れない低い音が
響き続けている
いったい何の音なのか
誰一人知ることなく
夕暮れが終わる

自転車と老人

ある朝早く、公園の低い塀に背をもたせかけ、座るようにして老人が死んでいた。そばに古い自転車が立てかけられていた。老人はその場所まで自転車でやってきて息絶えたらしい。その古い自転車はいかにも老人にふさわしく、ところどころ塗料が剝げ落ち錆が浮き出ていて年老いたものであった。それは、塀にもたれて息絶えた老人を見守っているようにも見ることが出来た。主人のそばで前輪を傾げ、その災禍の意味を理解しかねるような仕草でそこに佇んでいた。私はその老人を見知っていた。徹夜仕事の帰り道、日が昇りはじめた頃彼と何度かすれ違った記憶がある。自転車に空き缶をあふれんばかりに積み込み、ハンドルをふらつかせながら通り過ぎた老人であった。ある夜更け彼がカップ酒を飲みながら自転車に寄りかかっているのを見たことがあった。巨大な月が彼の痩せた肩を照らしていた。そのとき老人は自転車に向かって何やらしきりに語りかけていた。私が通るのに気づかず自転車を手で撫でていた。

まだ十代の頃である。未明の窓の外をキーコキーコと錆びた音を鳴らしながら通る自転車のことが忘れられない記憶として染みついている。それは音だけの記憶であった。だがこの音ほど悲しい表情をもつ音に出会うことはなかった。その記憶がよみがえり、行き倒れた老人のそばで自転車の鳴き声が聞こえそうに思った。

祖父の庭

祖父は花が好きであった。通路や壁沿いの空地に様々な花を植えて育てた。通路に沿ってリュウノヒゲが植えられていた。その所々に水仙が黄色い花を見せているのを、幼い私と妹は祠の石垣にもたれて眺めるのが楽しみであった。祖父は敷地の一部に狐を祀る祠を造らせていた。別の場所には白蛇の小さな祠があった。私は水仙のそばで小さくなっていく妹を見ていた。小さな妹は日だまりの中で狐や蛇の精霊たちと遊んでいた。それ以来妹は戻ってこなかった。日が暮れて祖父が探しにきたとき、私は祠の石垣にもたれて眠っていた。妹は祖父の庭でいなくなった。

祖父は病床から庭を眺めた。庭石の隅や草花の陰を指さして小さなもの達が遊んでいるといった。縁側に座り水仙を眺めながら、私はいなくなった妹のことを思いだした。そこにいるよと祖父は私にいった。私には何も見えなかった。祖父はリュウノヒゲのあたりを指さしてそこにいるといった。やわらかなリュウノヒゲをかき分けて探すと小さな白い歯が出てきた。その次の朝早く祖父は亡くなった。

祖父の亡くなった年齢になって何年かぶりに祖父の庭を眺めた。祖父がこの家を普請した際に土地の庭師に頼んで造らせた庭であった。屋敷の隅には稲荷の祠と白蛇の祠が年月を経たたたずまいを見せていた。庭に降りてリュウノヒゲを触ってみた。その手触りは身体の奥の海を波立たせるような気がした。祖父はそこになにかを見ていたのだ。私は幼い頃遊んだ妹を想いだした。妹の姿をしたものがそこにいたのだった。

*

秋分

秋の彼岸の中日だった
青空が高く気持ちのよい陽射しがあった
そんな日が
青空とともに切断された
携帯電話を切った後
身体が小刻みに震えていた

容赦のない切断だった
身体がじかに反応していた
ただ　朽ちた葉の虫食いの穴が
美しく見えた

「そこへ行くと、あなたに近づくことができるという」
その場所で夜鳴く鳥の声を聞こうと思う
その声に導かれて
やってくる

鳥が運んできたモチノキの種子が根をはり
背丈を超すほどの木になった
なにが仕組まれているのだろう

風で動いたカーテンにも
きみの気配を感じてしまう

近づこうと長い坂を下った
塞いだ石を分け入る
きみが翔んだ夜が明けて
秋は分割され
終わりが始まった

その日が遠ざかる
わたしはここに居つづける
時はいまとその日を広げていく
わたしはいつも「いまここ」にいるのに
その日は日ごとに退いていく

鉢植えのコーヒーの木の先から
新しい葉が見えている
針先のような葉は

陽が動くにつれて成長する
それを目で追いながら
わたしは時の影に沈んでいた

あとがき

偶々だったが、この文を書いている今日は甥の命日である。

月日は心の波風を凪いでいくものだとわかっていても、凪いだら凪いだで、これでいいのかという気もしてしまう。

出来事のひとつひとつが因果ということの証のように思えて、その不可思議なつながりが周りを取り巻いている。

老母が昨年他界したが、その四ヶ月後に、五十年近く音信を絶っていた父の逝去の報せを受けた。父性の欠落は、ある意味で自由という言葉と絡み合っていたと思う。それは、根のない身体が母なる大海にふわふわと漂う態でもある。

そんな体たらくのまとまりのない作品に身体を与えてもらったのは、書肆山田の大泉史世さんのお力添えである。大いに感謝しています。旧友の倉本修さんに装幀の労を引き受けてもらった。これもまた感謝。

平成二十八年秋　　瀧克則

瀧克則――

一九四八年、大阪・堺市生れ。

詩集
『水の根』（一九七九年・七月堂）
『器物』（一九八三年・砂子屋書房）
『軟骵』（一九八九年・書肆山田）
『墓を数えた日』（一九九七年・書肆山田／第一回小野十三郎賞受賞）
『足の冷える場所』（二〇〇二年・書肆山田）

道隠し＊著者瀧克則＊発行二〇一六年一一月五日初版第一刷＊装幀倉本修＊発行者鈴木一民発行所書肆山田東京都豊島区南池袋二—八—五—三〇一電話〇三—三九八八—七四六七＊組版中島浩印刷精密印刷石塚印刷製本日進堂製本＊ＩＳＢＮ九七八—四—八七九九五—九四八—五